AF403323

Prix : 50 Centimes.

LES
GRELOTS MODERNES

Choix des Chansons

LES PLUS EN VOGUE

Chantées par CAHIGNIÉ

PARIS

Chez ROGER, Éditeur, 25, rue des Ecouffes

—

1862

Chez ROGER, rue des Écouffes, 25, à Paris.

LES
Grelots Modernes.

LES GRELOTS MODERNES

Paroles de J. ROGER, éditeur.

AIR de *Béranger à l'Académie*, ou *Viens belle nuit.*

Aux sons joyeux de mes grelots folâtres,
Accourez donc, ô francs épicuriens!
J'apporte à tous, soit artisans ou pâtres,
Des chants grivois, des bluettes, des riens.
Quand maître Adam composa ses chevilles,
Il nous a dit : hardi jeunes garçons,
Ainsi que nous aimez le vin, les filles,
Berçons nos fils par de folles chansons.

Qu'est la chanson sur cette pauvre terre?
Le passe-temps des humbles travailleurs,
Tout en chantant l'enfant du prolétaire,
Narguant l'ennui, rêve à des jours meilleurs;
Grâce aux chansons, la plus rude journée
Nous semble belle à nous, joyeux pinsons;
De l'ouvrier voilà la destinée,
Berçons nos fils par de folles chansons.

Entendez-vous là-haut dans la mansarde
Cette voix pure aux accents si touchants?
C'est une enfant que son travail attarde,
De Béranger elle redit les chants.

Eh bien ! c'est Lise, elle soutient sa mère
Infirme et veuve, et devant ses doux sons,
Par son labeur, elle fuit la misère ;
Berçons nos fils par de folles chansons.

Ils ne sont plus ces artisans poëtes :
Gilbert, Moreau, Désaugiers et Dauphin,
Ni Béranger, le chantre de nos fêtes,
Au cœur aimant, à l'esprit vif et fin,
Ni vous non plus Leroy, Debreaux, et Gille,
Pister, Loynel, que tous nous chérissons ;
Pour que leurs chants résonnent par la ville,
Berçons nos fils par de folles chansons.

LES COMPAGNONS

Paroles de J. ROGER.

Air *de la Dixième muse* (G. COLMANCE).

De Vulcain résonne l'enclume,
Elle fait un sabbat d'enfer,
Allons que la forge s'allume,
Gais compagnons, voilà du fer ;
Que jamais le charbon ne fume,
Travailleurs redoublons d'effort.
   Pan, pan, frappons fort,   (*Bis.*)
   Pour bien connaître la vie,
   Enfants, travaillons toujours ;
   Pour honorer la patrie,
     L'art et l'industrie
     Font les heureux jours.

Mû par ce phare qui l'éclaire,
Le marin guide son vaisseau,
Sa poupe avance heureuse et fière
Et glisse à peine effleurant l'eau;
Il déploie alors sa bannière,
Heureux de saluer le port.

    Pan, pan, etc.

Notre bien-être c'est l'ouvrage,
Le vrai bonheur c'est le devoir,
A nous la force et le courage
C'est l'avenir, c'est le savoir;
Il faut agir en homme sage,
Car le travail est un trésor.

    Pan, pan, etc.

Là, sous ce beau soleil qui brille,
La moisson mûrit, et son grain
Tombe sous la faux, la faucille;
Pour les besoins du genre humain,
Le sol pour la grande famille
Tous les ans reprend son essor.

    Pan, pan, etc.

L'ÉTUDIANT & LA GRISETTE

ou

MARIONS-NOUS

DUO COMIQUE.

Paroles d'ALEXIS DALÈS.

AIR : *Brigadier vous avez raison.*

AUGUSTE.

Mademoiselle, votre image
A vivement touché mon cœur,
Voulez-vous, par un mariage,
Aujourd'hui faire mon bonheur?

LISE.

Votre demande sait me plaire,
Oui, monsieur, nous nous marîrons ;
Mais avant, faisons l'inventaire
Des objets que nous possédons.

ENSEMBLE.

Tous les deux faisons l'inventaire
Des objets que nous possédons.

LISE.

J'possède une taille élégante,
Des yeux noirs, un cœur amoureux.

AUGUSTE.

Moi je possède une âme aimante,
Plus un profil très-vaporeux.

LISE.

Je possède, et... c'est confortable,
Un lit, un' table et ma gaîté.

AUGUSTE.

J'ai comm'vous un lit, une table, ⎱
Et mille chos'... au mont-d'piété. ⎰ *Bis.*

LISE.
J'possède un étui plein d'aiguilles,
Un dé d'argent et des ciseaux.

AUGUSTE.
Moi j'possède trois nouveaux quadrilles,
Une guitare et deux couteaux.

LISE.
Moi je possède un nécessaire,
Une crinoline, un manchon.

AUGUSTE.
Moi j'ai sur ma fnêtre un coin d'terre
Avec un bonnet de coton.

LISE.
Je possède un pot de pommade,
Un fer à friser... un miroir.

AUGUSTE.
Avec un panier à salade,
Moi je possède un éteignoir..

LISE.
J'possède une tête à poupée
D'un genre à nul autre pareil.

AUGUSTE.
Moi j' possède un' pip' culottée,
Et pour montre j'ai le soleil.

LISE.
Je possède mille autres choses
Que vous serez flatté d'avoir.

AUGUSTE.
Pour nous l'avenir a des roses,
Car nous sommes riches..... d'espoir.

LISE.
J'adore ici votre franchise.

AUGUSTE.
Moi, j'en puis dire autant de vous,
Marions-nous, ma chère Lise.

LISE.
Cher Auguste, marions-nous.

Bis.

RESTEZ DANS VOS DOUX NIDS

ROMANCE.

Paroles d'ALEXIS DALÈS. — Musique d'ADOLPHE
VAUDRY.

Vous que le printemps voit renaître,
En voltigeant parmi les fleurs.
Petits oiseaux, sur ma fenêtre,
Gazouillez des sons enchanteurs.
Vous ignorez de l'indigence
Le poison terrible et subtil ;
Vous vous trouvez dans l'abondance
Quand vous avez un grain de mil.

REFRAIN.

Petits oiseaux, troupe légère,
Par le ciel vous êtes bénis ;
Pour être heureux sur cette terre,
Restez restez dans vos doux nids.

Oh ! que votre existence est douce,
L'orgueil ne trouble pas vos jours.
Vous qui reposez sur la mousse,
Près de l'objet de vos amours,
Retournez vers vos doux ombrages,
Beaux petits êtres maraudeurs ;
Craignez les barreaux de nos cages
Et les filets des oiseleurs.
Petits oiseaux, etc.

Vous possédez, dans la charmille,
La liberté, trésor bien cher,

Et protégeant votre famille.
Quand sur vous vient fo ıdre l'hiver,
Votre aile, douce couverture,
Couvrant vos petits nourrissons,
Les préserve de la froidure
Qui vient souffler dans les buissons.
        Petits oiseaux, etc.

Dieu veille sur votre existence,
Et jamais avec des regrets,
Aux fleurs de votre insouciance,
Sa main n'a mêlé de cyprès.
Grâce à l'auteur de la nature,
Chaque jour, heureux oisillons,
Vous récoltez votre pâture
En butinant dans les sillons.
        Petits oiseaux, etc.

L'ORPHELIN DU HAMEAU

MÉLODIE.

Paroles d'ALEXIS DALÈS.

AIR : *L'enfant perdu, c'est l'enfant du bon Dieu.*

Chantez, chantez dans vos chaumières,
Sous l'œil du bon Dieu qui vous voit,
Heureux des baisers de vos mères,
Trésor que du ciel on reçoit,
Dans mes yeux une larme brille,
Hélas! je n'ai plus de famille,

Mon berceau ne fut pas béni;
Mon avenir est la misère.
Hélas! quand je vis la lumière,
Le trépas dévasta mon nid.

La mort m'a pris et mon père et ma mère;
Je vais le soir prier sur leur tombeau.
Vous qui vivez heureux sur cette terre,
Plaignez, plaignez, l'orphelin du hameau,

Le feu d'amour brûle mon âme;
Mais l'amour est-il fait pour moi?
Jamais un doux regard de femme
Ne sollicitera ma foi.
Que puis-je offrir à ma maîtresse?
Ma misère avec ma tendresse,
Moi qui, mendiant, tend la main,
Hélas! pour calmer ma souffrance,
Je n'ai pas même l'espérance.
D'avoir un meilleur lendemain

La mort m'a pris, etc.

O vous dont l'heureuse jeunesse
Fut riche de baisers brûlants,
Et qui, pour bâton de vieillesse,
Aurez de blonds et beaux enfants.
Aimez avec sollicitude,
Désormais dans la solitude,
Moi je dois vivre malheureux,
Et quand je quitterai la vie,
Hélas! pas une main amie
Ne viendra me fermer les yeux!

La mort m'a pris, etc.

LE SIRE
DE
GRAND PLUMET

Paroles de Al). DUCHENNE.

*Complainte du page de la femme du sire de
Grand Plumet.*

« Il revient de la guerre,
Battre les Sarrazins,   ah! ah!
Suivi de sa baunière
Et de ses fantass ns,   ah! ah!
Tu partages ma peine,
Toi... que je venais voir
Et qu'un jaloux enchaîne
Au fond de ce manoir!

REFRAIN.

J'ai du bobo, oh! oh! oh! oh!
J'ai du bobo, oh! oh! oh! oh!   } *(Bis)*.
Ma châtelaine.

On le dit peu commode,
Le sire de Grand-Plumet,   ah! ah!
S'il se voit à la mode,
Je connais son arrêt,   ah! ah!
— A l'instant! qu'on l'enchaîne,
Dirá-t-il sans retour,
Lancez-le dans la plaine,
Du plus haut de la tour.
J'ai du bobo, etc.

A travers ta lorgnette,
Je n'en puis plus douter   ah! ah!
C'est lui! j'ai la venette,
l va nous éreinter,   ah! ah!

C'est avoir peu de veine,
Nous qui gardions l'espoir
Qu'il mourrait de migraine,
Làbas, loin du manoir.
J'ai du bobo, etc.

S'il n'avait pas sa lance,
Sa lance et son jarret,   ah! ah!
Mon cœur et ma vaillance
T'en débarrasseraient,   ah! ah!
Mais, si l'ardeur m'entraîne,
Pourrais-je revenir ?
La chose est peu certaine,
Et puis, il peut m'occir.
J'ai du bobo, etc.

Le voici qu'il s'avance
Enfourchant son coursier,   ah! ah!
Son grand plumet s'élance
De son casque d'acier,   ah! ah!
Toute espérance est vaine,
S'il ne heurte un caillou,
Son grand sabre, ma reine,
Va nous couper le cou !
J'ai du bobo, etc.

O miracle incroyable !
Une branche en arrêt,   ah! ah?
Suspend, comme un grand diable,
Le sire par son plumet,   ah! ah!
Il meurt dans son domaine
Sans être convaincu
Qu'un grand plumet vous gêne
Pour arriver au but.

Plus de bobo, oh! oh! oh! oh!
Plus de bobo, oh! oh! oh! oh!
Plus de bobo, ma châtelaine.

LE
SENTIER DE LA PAUVRETÉ

Paroles de Pierre BRÉANT.

Air des Enfants perdus (G. LEROY.), *ou du Vieux
Vagabond, ou du Forçat libéré.*

Ma pauvreté, la nuit dernière,
Me fit rêver à la chanson,
Mais dois-je chanter la misère,
C'est pour ma lyre un triste son.
Ah bast! c'est une bonne affaire
Puisque j'ai l'esprit attristé,
Je chanterai pour me distraire
Le sentier de la pauvreté. (*bis.*)

Dans ce sentier je pris naissance,
Non pas sous la feuille des choux,
Mais sous celle de la souffrance,
Plante trop vivace pour nous.
Et loin de la riche atmosphère
Où le baiser n'est qu'emprunté,
Je reçus les soins de ma mère
Au sentier de la pauvreté. (*bis.*)

Lorsqu'à seize ans jeune fillette,
Et qu'à vingt ans jeune garçon.
Soupirent tous deux en cachette,
L'amour épelant la leçon.
Sous quelques fleurs à peine écloses
Combien grandit la volupté.
L'amour se cache sous les roses
Du sentier de la pauvreté. (*bis.*)

Lorsque frappé par la misère,
L'un de nous languit ici-bas,
Il peut en chacun voir un frère,
Pour lui que ne ferait-on pas?
Se secourir est l'héritage
Qu'on lègue à la postérité.
Du cœur on connaît le langage
Du sentier de la pauvreté. (*bis.*)

Voyez là-bas cette voiture;
C'est un convoi. Point d'étendard,
Point de harnais, point de tenture;
Du pauvre c'est le corbillard.
Point de pleureurs payés d'avance,
Mais pour un ami regretté,
Une larme tombe en silence
Au sentier de la pauvreté. (*bis.*)

DORS MON
BLOND CHÉRUBIN

ROMANCE.
Imitation de Berquin.
Paroles de alexis DALÈS.
Air *des Enfants de Bacchus.*

Près d'un frêle berceau, dans une humble mansarde,
Une femme priait les yeux noyés de pleurs;
Sa douce voix disait : « enfant que Dieu te garde,
Et puisse-t-il, sur toi, répandre quelques fleurs.

REFRAIN.

Dors mon blond chérubin, clos ta jeune paupière,
Dors mon pauvre petit, sur toi veille ta mère,
Et surtout par tes cris ne blesse pas mon cœur,
Ta pauvre mère a bien assez de sa douleur.

Lorsque dans le passé, par de douces caresses,
Ton père sut gagner et mon cœur et ma foi,
Il me jurait amour : où sont donc ses promesses,
Près d'une autre il oublie et sa victime et toi !
Dors mon blond, etc.

Sans cœur et sans pitié le séducteur me quitte,
Il me laisse avec toi, sans guide, sans appui,
Hélas ! je l'aimais tant avant sa lâche fuite
Et je sens que je l'aime encor plus aujourd'hui.
Dors mon blond etc.

Oui, c'est lui, le voilà, c'est sa vivante image
Que tes traits enfantins retracent à mes yeux;
Ta fraîche bouche, un jour, aura son doux langage,
Tu possèdes déjà son air vif et joyeux.
Dors mon blond etc.

Mêlons, mon cher enfant, nos tristes destinées,
Confondant nos regrets, chérissons-nous toujours,
Je veille avec amour sur tes jeunes années,
Plus tard tu prendras soin d'embellir mes vieux jours.
Dors mon blond etc.

LA VERTE PIQUETTE

CHANSON BACHIQUE.

Paroles de Jules de BLAINVILLE.

Air : *de la dixième Muse.*

REFRAIN.

Je suis la vert · piquette,
Toujours, sans bruit, sans efforts,
Du broc, méchappant coquette,
Narguant l'étiquette,
Je coule à pleins bords !

Oui, je suis la source abondante,
Où puise la franche gaieté ;
Sur les lèvres d'une bacchante,
J'ai rencontré la volupté.
Des rubis, la teinte charmante,
Grâce à moi colora son front.
Tin, tin, tin, tin, buvez donc ! (*bis.*)
Je suis, etc.

La coupe du joyeux Silène,
Jadis me servi de berceau ;
Guidé par lui, j'ai de Suresne,
Conquis le verdoyant côteau...
Du roi d'Ivetot, j'ai, sans gêne,
Caressé le double menton.
Tin, tin, tin, tin, buvez donc ! (*bis.*)
Je suis, etc.

Sur mon allure cavalière,
Chacun jase, je le sais bien ;
Si je suis par trop familière,
Que voulez-vous, je n'y puis rien !
Mais à l'école buissonnière,
On n'enseigne pi le bon ton.
Tin, tin, tin, tin, buvez donc ! (*bis.*)
Je suis, etc.

Au cabaret, ie fais merveille,
Jamais on ne m'y met sous clé :

Le bordeaux vieillit en bouteille,
Et le champagne est muselé!
Toujours jeuue, fraîche et vermeille...
Oh! la liberté, c'est si bon !
Tin, tin, tin, tin, buvez donc ! (*bis.*)
　　Je suis , etc.

J'arrose le pain que grignote,
Un pauvre poëte aux abois,
Et bien souvent, je le pilote,
Dans les champs de l'esprit gaulois.
J'inspire à la muse falotte,
Plus d'une joyeuse chanson !
Tin, tin, tin, tin, buvez donc ! (*bis*).

Je suis la verte piquette,
Toujours, sans bruit, sans efforts,
Du broc, m'échappant coquette ,
　　Narguant l'étiquette ,
　　Je coule à pleins bords !

MARIE

ROMANCE.

Paroles de ALEXIS CARDON.

AIR de *Ce que j'aime.*

J'aime une fille blonde,
Au regard enchanteur;
Elle fait, en ce monde,
Mon unique bonheur!
Sa voix est radieuse,
Comme les chants des cieux;
Elle est vive et joyeuse,
L'amour est dans ses yeux!...

Oui j'adore Marie,
ns elle il n'est pas un beau jour.
Je donnerais ma vie   (*Bis.*)
Pour un seul mot d'amour!

Parfois, sous les grands hêtres,
Je m'en vais tout rêveur;
Le soir, sous ses fenêtres,
Je sens battre mon cœur!
Sa voix gentille et pure,
M'envoie un gai refrain;
De sa chambrette obscure,
Est banni le chagrin!...
    Oui, j'adore, etc.

Charmante jeune fille,
Je vois dans tes beaux yeux,
Un sourire qui brille;
Oh! je deviens heureux !
Ta bouche a dit : Je t aime!
Je sens en ce moment
La volupté suprême...
Oh! délire charmant!...
    Oui je t'aime, Marie,
Toi seule feras mon bonheur!
    Je renais à la vie :   (*Bis.*)
    Je possède ton cœur!...

FANFAN LE TAPIN

CHANSONNETTE.

Paroles d'ALEXIS CARDON.

AIR : *Soldats, voilà Catin.* (BÉRANGER.)

Premier tapin du régiment,
  C'est Fanfan qu'on me nomme
Au combat toujours en avant,
  Je marche comme un homme ;
Pour mener tout tambour battant,
Plan, plan, plan, plan, plan, plan, rataplan,
Pour mener tout tambour battant,
  Soldats, voilà Fanfan !

On dit que je reçus le jour
  Sur un champ de bataille ;
Au bruit du canon, du tambour,
  Au milieu d'la mitraille.
Chacun de vous connaît maman,
Plan, plan, plan, plan, plan, plan, ratap.
Chacun de vous connaît maman,
  Soldats, voilà Fanfan !

J'ai déjà vu plus d'un combat,
  Et plus d'une victoire,
Et comme vous, braves soldats,
  Je tiens fort à la gloire.
J'ai tête folle et cœur vaillant,
Plan, plan, plan, plan, plan, plan, rataplan
J'ai tête folle et cœur vaillant,
  Soldats, voilà Fanfan !

En campagne, brave luron,
Près d'une belle fille,
Sous l'étendard de Cupidon,
J'agis en joyeux drille;
A mes désirs le cœur se rend,
Plan, plan, plan, plan, plan, plan, rataplan,
A mes désirs le cœur se rend,
Soldats, voilà Fanfan!

Mais un jour un enfant pleurait
Au fort de la bataille,
Et près de lui son père était
Couché dans la broussaille.
Qui prendra soin du pauvre enfant?
Plan, plan, plan, plan, plan, plan, rataplan,
Qui prendra soin du pauvre enfant?
Soldats, voilà Fanfan!

Que chacun conte son amour
A sa particulière,
Mais quant à moi je fais la cour
A notre vivandière;
Dans le péril, qui la défend?
Plan, plan, plan, plan, plan, plan, rataplan,
Dans le péril qui la défend?
Soldats, voilà Fanfan!

Si quelquefois, dans un combat,
J'allais perdre la vie,
Je veux mourir en bon soldat
Fidèle à la patrie.
Pour se conduire vaillamment,
Plan, plan, plan, plan, plan, plan rataplan,
Pour se conduire vaillamment,
Soldats, voilà Fanfan!

RÉPONDS-MOI

ROMANCE.

Paroles d'Auguste DÉCHAUX.

Air: *Viens belle Nuit.*

ou : *Si le bon Dieu faisait parler les Fleurs.*

Ange des cieux pour qui mon cœur soupire,
N'es-tu donc pas le miroir de mes yeux.
Plus je te vois et bien plus je t'admire,
Et près de toi plus mon cœur est joyeux.
Hélas, pourquoi feindre l'indifférence?
Quand j'ai juré de vivre sous ta loi;
A deux genoux, j'implore ta clémence, } *(Bis.)*
Ah! je t'en prie, Élise réponds-moi.

O doux espoir, mon bonheur est extrême,
Car je le crois, il m'a déjà semblé
Que tes beaux yeux semblaient dire: je t'aime,
Et dans ma main, que ta main a tremblé.
Je puis, enfin, vivre dans l'espérance,
Et, désormais, te conserver ma foi;
Car tu n'as plus autant d'insouciance, } *(Bis.)*
Ah! je t'en prie, Élise réponds-moi.

Pour toi, Julien, mon âme se déchire,
Depuis longtemps, hélas! tu voyais bien
Que je souffrais sans oser te le dire,
Et que mon cœur battait comme le tien;
Pardonne-moi cet heureux stratagème
Qui sut gagner et ton cœur et ta foi,
Tu m'aimes bien, je veux t'aimer de même, } *(Bis.)*
A toi mon cœur, Julien, il est à toi.

LE VRAI LURON

CHANSON DE TABLE.

Paroles de ANTOINE SEVIN.

AIR *du Tonneau.*

Aujourd'hui, mes chers camarades,
Célébrons Bacchus en ce jour,
Buvons encor quelques rasades,
Faut aussi penser à l'amour.
Aupres d'une bonne feuillette,
Caressant un jeune tendron,
Être gai près de la fillette,
Voilà la vie d'un vrai luron.   } *bis.*

Si je suis auprès d'une fille,
Ça me fait oublier le vin,
Mais lorsque je suis en famille,
Souvent je mets le verre en main.
Non je n'aime pas la piquette,
J'aime le vin du Bourguignon,
Et j'adore aussi la fillette,
Voilà la vie, etc.

Mais quelquefois si je chancelle,
Pourvu que je ne tombe pas,
Très-peu se trouble ma cervelle,
Ce qui me console ici-bas.
Souvent je tiens à l'étiquette,
Et je ne bois qu'un seul flacon,
Puis sage près d'une fillette,
Voilà la vie, etc.

Mais si j'aime bien la bouteille,
Je tiens aussi à travailler,
Je suis content à mon réveil,
Quand le vin ma fait sommeiller.

Je ris de plus d'une coquette
Qui veut me faire la leçon,
Alors je dis à la fillette,
Voilà la vie, etc.

Quand j'aurai fini ma carrière,
Qu'il me faudra quitter le vin,
Me conduisant au cimetière,
Chantez-moi l'hymne *Jean Raisin*.
S'il se trouvait une buvette,
Placez-moi devant sans façon,
Et que chacun de vous répète,
Il est bien mort en vrai luron.

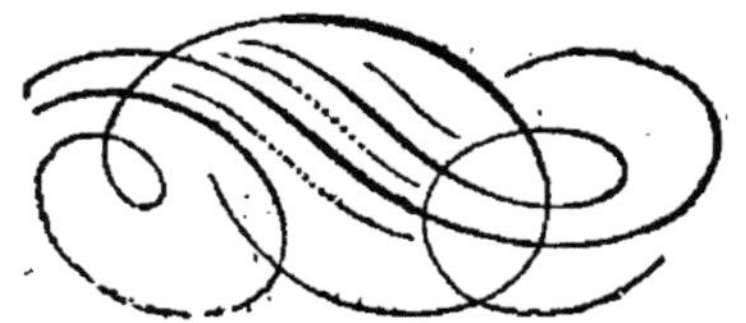

L'ESPOIR

OU

NE PLEUREZ PAS

ROMANCE.

Paroles de F. E. PECQUET.

Air *De la Religieuse.* — Musique de A. VAUDRY.

Vous le savez c'est aujourd'hui ma fête,
Pourquoi pleurer près mon lit de douleur,
Je le vois bien vous détournez la tête,
Souvenez-vous de l'espoir du docteur.
N'a-t-il pas dit : ayez donc confiance.
Oui par mon art je sauverai vos jours,
Et Dieu fera le reste, je le pense,
Il ne veut pas entraver vos amours.

REFRAIN.

Pourquoi ces pleurs, blanche colombe,
Car ici-bas,
Pour moi ne s'ouvre pas la tombe,
Ne pleurez pas.   (*bis.*)

Ce beau bouquet me charme et me console,
Il fut cueilli par votre blanche main,
De chaque fleur admirant la corolle,
Oui, dans mon cœur l'espoir renaît soudain ;
Mais il fait beau, le ciel est sans nuage,
Me promener me ferait tant de bien ;
Tout comme moi ne perdez pas courage,
N'êtes-vous pas ma force et mon soutien ?
Pourquoi ces pleurs, etc.

Quoi qu'affaibli, je renais à la vie,
Ce doux soleil me réchauffe les sens,
Ah! donnez-moi votre bras, mon amie,
Allons ensemble parcourir les champs;
L'on y respirela fleur printanière,
L'on peut causer sans craindre les méchants;
Puis l'on entend des oiseaux la prière,
Qu'il font à Dieu par leur gazouillements.
      Pourquoi ces pleurs, etc.

Mais je suis las, voyez, ce banc de pierre,
Il nous invite à nous asseoir un peu,
N'est-ce pas là, vous souvient-il, ma chère,
De mon amour que je vous fis l'aveu.
Vous répondiez à ma vive tendresse,
Vous me disiez : aimons-nous pour toujours
De votre cœur bannissez la tristesse,
Il est encor sur terre des beaux jours.
      Pourquoi pleurer, etc.

LA CAPOTE DU SOLDAT

MÉLODIE.

Paroles d'ALEXIS DALÈS.

AIR : *Laissez les roses aux rosiers.*

Embrasse-moi, mère chérie,
Je vais quitter le sol natal;
Je pars pour servir la patrie
Et veux revenir général.
O ne pleure pas de la sorte,
Je veux, vois-tu, changeant d'état: } (*Bis.*)
Quitter la blouse que je porte,
Pour la capote du soldat. (*Bis.*)

Alors le cœur plein d'espérance,
Pierre partit loin du pays.
Et bientôt, grâce à sa vaillance,
Il fut l'effroi des ennemis;
Chacun admirait son courage
Et dans plus d'un brillant combat,
La balle marqua son passage
Sur la capote du soldat.

Vainqueur, et partout invincible,
En moissonnant plus d'un laurier;
Dans l'action, toujours terrible,
A l'assaut toujours le premier.
Chaque jour se couvrant de gloire
Par plus d'une action d'éclat,
Il sut abriter la victoire
Sous la capote du soldat.

Après de pénibles campagnes
Pierre ne fut pas général;
Mais il revint dans ses montagnes
Fier du titre de caporal.
Sa mère, au milieu du village
L'embrasse, et voit avec éclat
Briller l'étoile du courage
Sur sa capote de soldat.

LE DRAPEAU FRANÇAIS

Paroles de Pierre BRÉANT.

Air des *Trois couleurs.*

Chaque patrie est orgueilleuse et fière
De l'étendard qu'elle a su se choisir ;
Mais nous bien plus, puisque notre bannière
A dans les cœurs fait naître un grand désir.
Que d'opprimés ont trouvé du courage
Quand ils ont vu notre drapeau planté.
Nos trois couleurs ont vaincu l'esclavage,
Laissant partout espoir et liberté !   (*Bis.*)

Quatre-vingt-neuf ! au travers de la brume,
Quand j'aperçois ce chiffre glo ieux,

Entre mes doigts je sens glisser ma plume,
J'ai dans mon cœur l'amour de nos aïeux :
Je les revois détruisant le servage,
Et nous donnant ce drapeau si fêté.
Nos trois couleurs ont vaincu l'esclavage,
Laissant partout espoir et liberté !   (*Bis.*)

Puis dans les champs que moissonna Bellone
L'Europe entière y combat les Français ;
Mais dans Paris, eh quoi ! le canon tonne ?
Vive la France ! encore un grand succès !
De la Finlande aux bords fleuris du Tage,
En promenant leur gloire avec fierté,
Nos trois couleurs ont vaincu l'esclavage,
Laissant partout espoir et liberté !   (*Bis.*)

Que de hauts faits, quelle page héroïque!
Afrique, Alma, Magenta, puis Pékir,
Pour renverser un pouvoir tyrannique,
Ouvrons nos bras au peuple mexicain.
Partez, soldats, sur ce lointain rivage,
Allez semer notre fraternité.
Nos trois couleurs ont vaincu l'esclavage,
Laissant partout espoir et liberté !   (*Bis.*)

Un jour viendra, sublime apothéose,
Où chaque peuple, élevant à la paix,
Un saint autel, espoir de notre cause,
Qui répandra sur nous tous ses bienfaits.
Le monde alors détruira la barrière
Qui le retint du progrès écarté,
Pour saluer notre vieille bannière,
Qui sut à tous donner la liberté !   (*Bis.*)

RIGOLETTE ET PICHU

RONDE.

Paroles d'Alexis DALÈS.

Air de la ronde de *Rothomago*

(Chantée au théâtre du Cirque).

A la p'tit' Rigolette,
La fille à Jean Branchu,
Un jour le grand Pichu
Dit d'un air morfondu :
« D'être à vous, ma brunette,
Combien j'aurais d'orgueil,
Votre nez en trompette
M'a tapé droit dans l'œuil ;
    Ah ! ah ! ah ! ah !
Je n' peux plus vivr' comm' ça.

REFRAIN.

Eh ! allez donc, aimez-moi donc,
  Allez donc, Rigolette,
Eh ! allez donc, aimez-moi donc,
  Rigolette, allez donc.

} *Bis*

} *en chœur.*

Près d' vous, si gentillette,
Mon pauvr' cœur fait tic-tac ;
C' qui m' fait dans l'estomac
Un drôle de micmac ;
J' suis pas dans mon assiette
J'ai là, j' peux vous l' jurer
Comme un morceau d' galette
Qni n' veut pas digérer.
    Ah ! ah ! ah ! ah !
J' pouvons plus vivr' comm' ça.
    Eh ! allez donc, etc.

Vous aimez en cachette
Votre cousin Tricot,
De vous, j' l'ai vu tantôt
R'cevoir un coup d' sabot.
Quand j' vous conte fleurette,
Hélas! vous n' daignez point

Me flanquer (j' vous l' répète)
Le moindre p'tit coup d' poing !...
    Ah! ah! ah! ah!
J' pouvons plus vivr' comm' ça.
    Eh! allez donc, etc.

Depuis qu' pour moi, coquette,
Vous êtes sans pitié,
Je suis fondu d' moitié,
Je dessèche sur pied ;
J' deviens comme un' baguette,
Car depuis qu' j'ai d' l'amour
Je n' joue plus d' la fourchette
Qu' cinq à six fois par jour ;
    Ah! ah! ah! ah!
J' pouvons plus vivr' comm' ça,
    Eh! allez donc, etc.

CONCLUSION.

On dit que Rigolette,
D' Pichu voyant l' chagrin,
Consentit à l'hymen,
Et lui donna sa main
Au son de la musette
A la noce on dansa ;
Et plus d'une fillette
Disait en voyant ça :
    Ah! ah! ah! ah!
Quand donc qu' mon tour viendra?
Eh! allez donc! mariez-vous donc,
    Allez donc, Rigolette,
Eh! allez donc! mariez-vous donc,
    Rigolette, allez donc.

MIRLITONNETTE

CHANSONNETTE.

Paroles de Alexis DALÈS.

Air : *En jouant du mirliton.*

Dans une maisonnette
Du pays de Meudon,
Habite une fillette,
La perle du canton,
C'est Nina Mirlitonnette,
La fille au papa Miton:
Elle est gentille et drôlette,
C'est un vrai petit démon!
Qu'elle est bien, Mirlitonnette!
Mirlitire, mi ton ton,
Mirliton, tontaine ton,
Mitire, mirliton.

Au son de la musette,
Dansant sur le gazon,
Elle est, Mirlitonnette,
Vive comme un poisson.
Gracieuse et pas coquette,
Avec un simple jupon
Et sa blanche colerette,
Bon Dieu qu'elle a l'air fripon!
Qu'elle est bien, Mirlitonnette, etc.

Lorsque Mirlitonnette
Entonne une chanson,
De sa voix de fauvette
On aime le doux son.

Bonne, aimante et très-discrète,
Heureuse de faire un don,
Elle soulage en cachette
Plus d'un pauvre du canton.
Qu'elle est bien, Mirlitonnette, etc.

Bientôt la bergerette
Doit épouser, dit-on,
Le fils de Simonnette,
Eustache Mirliton.
Dans le pays on répète,
En pensant à chaque nom,
Mirliton, Mirlitonnette,
Feront un couple fort bon.
Chantons donc Mirlitonnette
Et son époux Mirliton,
Mirliton, toutaine ton,
Mitire, mirliton.

VOILA LA MANIÈRE
DE VIVRE CENT ANS
Paroles de DÉSAUGIERS.

AIR *de la Fauvette de Paris.*

Si de votre vie,
Joyeux Troubadours,
Vous avez l'envie
D'étendre le cours,
Écoutez les sons
De ma lyre sexagénaire ;
Prêcher en chansons
Est ma fantaisie ordinaire.
Daignez donc vous taire
Pour quelques instants :
Voici la manière
De vivre cent ans.

Fier sur une tonne,
Narguer le chagrin ;
Prévoir, quand il tonne,
Un ciel plus serein ;
Se montrer soumis
Aux coups du sort parfois sévère ;
Tendre à ses amis
Sa bourse, sa main et son verre ;
Suivre la bannière
De Roger-Bontemps.
Voilà la manière.
De vivre cent ans

Des beautés factices
Redouter l'accueil,
De leurs artifices
Éviter l'écueil ;
Sauver sa gaieté
Des flots de la gent chicanière
De la Faculté
Fuir la doctrine meurtrière

Ne faire la guerre
Qu'aux cerfs haletants,
Voilà la manière
De vivre cents ans.

Toujours honnête homme,
Marcher hardiment;
Toujours économe
Jouir sobrement;
Être par accès
Des neuf Sœurs heureux tributaire;
Puis avec succès,
Volant du Parnasse à Cythère,
A rimer et plaire
Consacrer son temps,
Voilà la manière
De vivre cent ans.

Lorsque du jeune âge
L'on sent fuir l'ardeur,
Dans un un doux ménage
Chercher le bonheur;
Au gré de ses vœux
Voir bientôt son épouse mère,
Toujours plus heureux,
Au bout de dix ans se voir père
D'une pépinière
D'enfants bien portants,
Voilà la manière
De vivre cent ans.

Faut-il par l'exemple
Vous convertir tous!
J'en vois dans ce temple
Un bien doux pour nous.
Regardez Laujon,
L'honneur de notre sanctuaire:
Fils d'Anacréon,
Il boit et chante octogénaire,
Toute sa carrière
Fut un long printemps.
Voilà la manière
De vivre cent ans.

TOUT CE QUE J'AIME

CHANSONNETTE.

Paroles de ALEXIS DALÈS.

AIR : *La bonne aventure, ô gué !*

Voulez-vous savoir mes goûts,
  Pour ma nourriture :
D'abord j'aime les ragoûts,
  J'aime la friture.
J'ai les goûts d'un campagnard,
J'aime les choux et le lard.
    La bonne aventure,
        O gué !
    La bonne aventure.

Je suis fou d'un jambonneau,
  Plein de chapelure;
J'aime le chant de l'oiseau,
  Les fleurs, la verdure.
J'adore les entrechats
De deux danseurs auvergnats!...
    La bonne aventure,
        O gué !
    La bonne aventure.

Lorsque s'en vont les glaçons,
  Avec la froidure,
J'aime à pêcher des goujons
  Dans une onde pure.
J'estime un roman nouveau,
Mais j'aime bien mieux le veau
    La bonne aventure,
        O gué !
    La bonne aventure.

J'aime assez, par la chaleur,
  Marcher en voiture,
Pour éviter le malheur
  D'user ma chaussure.
J'adore le mirliton
Et le cornet à piston.
  La bonne aventure,
    O gué!
  La bonne aventure.

De fillette au doux regard,
  J'aime la figure;
D'un couplet fin et gaillard,
  J'aime la facture.
J'adore les gros melons!...
Et les énormes jupons!...
  La bonne aventure,
    O gué!
  La bonne aventure.

Mais j'abuse étrangement
  De la rime en *ure*,
De ma chanson vivement,
  Cherchons la clôture.
Chers lecteurs, adieu, bonsoir,
Au plaisir de vous revoir.
  La bonne aventure,
    O gué!
  La bonne aventure.

LE BAISER

ROMANCE.

Paroles de ALEXIS DALÈS.

AIR : *Petit Bouton d'or* (feu PISTER).

Le seul trésor de la vie,
  C'est un doux baiser,
Que veut-on de son amie?
  Un tendre baiser.
Rien ne séduit à la ronde
  Autant qu'un baiser.
Il est certain que le monde
  Naquit d'un baiser!...

Le papillon à la rose
  Donne un doux baiser;
Du zéphir la fleur éclose
  Reçoit le baiser.
On calme bien des alarmes
  Avec un baiser,
Et l'on sèche bien des larmes
  Au feu d'un baiser.

L'enfant, arrivant sur terre,
  Invite au baiser;
Ah! qu'il est doux d'une mère
  Le premier baiser!
On exprime sa tendresse
  Avec un baiser,
Et souvent fuit la tristesse
  Devant un baiser.

Dans l'âge mûr, dans l'enfance,
  On aime un baiser;
O la douce récompense
  Qu'un tendre baiser!
Heureux, si cette romance,
  Louant le baiser,
Peut me valoir de Clémence
  Un bien doux baiser!

JE VOUDRAIS BIEN M'EN ALLER.

CHANSONNETTE.

Paroles de ALEXIS DALÈS.

AIR : des *Auvergnats.*

Qu'un auteur jure et tempête
Après son pauvre cerveau,
Tout en se cassant la tête
Afin d'trouver du nouveau ;
Moi, je prends, sans anicroches,
Au lieu de me désoler,
Ce r'frain d'un marchand d'brioches :
« Je voudrais bien m'en aller (*bis*). »

Bien souvent (ce dont j'enrage),
Quand je suis à la maison,
Mon épouse, un peu sauvage,
Bougonne et fait carillon ;
Aussitôt qu'elle s'emporte
Et s'met à tout bousculer,
Je dis, en lorgnant la porte :
« Je voudrais bien m'en aller. »

Dans un' forêt de l'Afrique,
Un jour, un pauvre chasseur,
Voit un lion magnifique,
Ah ! dit-il, avec frayeur,
J'aim'rais mieux voir un' bécasse,
Je vais me faire avaler ;
Le diable soit de la chasse !
Je voudrais bien m'en aller.

Plein de morgue et de jactance,
A l'Hippodrôme, un gascon,
Voulant prouver sa vaillance,
Se risqua dans un ballon ;

Ah! dit-il, l'âme inquiète,
Sentant l' ballon s'envoler,
J'crois que j'viens d'faire un'boulette!
Je voudrais bien m'en aller.

Certain soir, à la potence,
On conduisait un larron;
 L'greffier lui lut sa sentence,
Et dit au pauvre garçon;
Avez-vous quéqu'chose à dire?
Mon cher, vous pouvez parler,
Ah! dit l'larron qui soupire,
Je voudrais bien m'en aller.

Visitant d'lointains rivages,
Un navigateur martyr,
Fut surpris par des sauvages
Qui voulaient le fair' rôtir;
Ah! dit-il, j'vois c'qui s'approche,
Afin de se régaler,
Ils vont me mettre à la broche!
Je voudrais bien m'en aller.

LÉA

Paroles de J. E. AUBRY.

Air chanté par Mme Ugalde dans *Gil Blas*.

Léa, vois dans la campagne,
Pour fêter le printemps,
Les amants,
Tra la la la la la, etc.
Viens avec eux, ma compagne,
Comme eux nous danserons,
Chanterons,
La la la la la la, etc.

Viens avec moi, ma charmante,
Dans nos champs si riches en fleurs;
Mon amie ou mon amante,
Choisis entre ces deux couleurs.
Pour toi je veux être un frère,
A qui toujours tu souriras,
Ou, comme un amant sincère,
Auprès de toi tu me verras.

Léa, près d'une onde claire,
Arrosant le bord d'un sentier,
Fit d'une branche de lierre
Présent à son beau cavalier,
Qui, d'un tendre et doux sourire,
La remercia galamment;
Le sourire voulait dire:
Je préfère être ton amant.

Loin de la foule, et pour cause,
Léa craint tant les curieux,
Cueille la plus belle rose,
Puis s'en pare en baissant les yeux.
« Ce choix, dit l'amant, ma belle,
Me fait te jurer, sans détour,
D'être à l'amitié fidèle
Autant que fidèle à l'amour.

LA FOIRE AUX MIRLITONS

CHANSONNETTE.

Paroles de J. PASCAL.

Air : *Ohé! Canotiers de la Seine.*

Venez garçons, fillettes,
C'est fête en vos cantons,
Faites donc vos emplettes,
Voici dev mirlitons.
Accourez, la pratique,
C'est l'instant de choisir,
Fouillez dans ma boutique
Et faites-vous servir.
   Ton, ton, ton, ton,
Mirliton, mirlitaine,
Ton, ton, ton, ton, tontaine
Mirlitontaine, ton.

L' plus fort de mon commerce,
C'est la foire à Saint-Cloud,
Car c'est là que s'exerce
Plus d'un galant Maclou.
Là plus d'un air bizarre
Se voit mirlitonner;
Bref, c'est une fanfare
A vous faire damner.
   Ton, ton, ton, ton, etc.

Pour faire vos largesses,
Allons, galants garçons,
Payez à vos maîtresses
De jolis mirlitons.
Pour plaire avec malice,
Soufflant dans mes roseaux,
Jouez-moi la Palisse
Ou l'air des p'tits agneaux.
   Ton, ton, ton, ton, etc.

V'nez voir mes marchandises
Et mes turlututus,
De superbes devises
Ils sont tous revêtus.
Voyez, jeunes fillettes,
Comme ils sont décorés
De clinquant, de paillettes
Et de papiers dorés.
    Ton, ton, ton, ton, etc.

En musique il est rare
D'avoir un goût parfait;
L'un aime la guitare,
L'autre le flageolet.
Tant qu'à moi je préfère
Au cornet à piston
La musique légère
Que chante un mirliton.
    Ton, ton, ton, ton,
Mirliton, mirlitaine,
Mirli, tonti, tontaine,
Mirlitontaine, ton.

LES DERNIERS ADIEUX

Paroles d'ÉDOUARD FRANCHOT.

AIR : *Viens, belle nuit,*
ou des *Souvenirs d'amour.*

Je vais mourir, et déjà ma paupière
S'appesantit sous l'aile de la mort;
Mais je souris à mon heure dernière,
Car dans la tombe on oublie et l'on dort.
La vie, hélas! pour moi n'a plus de charmes,
En ce moment, si je me trouve heureux.
Pourquoi pleurer? Amis, séchez vos larmes, ⎱ (bis.)
Vous que j'aimais, recevez mes adieux. ⎰

Aux jours aimés de ma joyeuse enfance,
Quant l'avenir souriait à mon cœur,
Au fond des bois pleins d'ombre et de silence,
J'allais chercher le repos, le bonheur.
Je confiais mes jeunes rêveries
Au tendre écho du lac mystérieux.
Grands bois ombreux, beau lac, vertes prairies,
Vous que j'aimais, etc.

Chaque matin, quand un rayon d'opale
Venait blanchir la cime des coteaux,
Je saluais l'aurore matinale,
Mêlant ma voix à la voix des oiseaux.
Puis, quand la nuit sur nous jetait ses voiles,
Je m'inclinais en contemplant les cieux.
Soleil brillant, azur semé d'étoiles,
Vous que j'aimais, etc.

Du Créateur admirant les merveilles,
Pauvre rêveur, dans mon naïf orgueil,
J'osais chanter, mais le but de mes veilles
Pour horizon n'a plus qu'un froid cercueil.
La lyre, hélas! que ma main a saisie,
Ne vibre plus sous mes doigts langoureux,
Douces chansons, suave poésie,
Vous que j'aimais, etc.

Quel souvenir fait tressaillir mon âme
Lorsque pour moi s'ouvre l'éternité?
Toujours, toujours je revois cette femme
Au doux regard empreint de volupté.
Elle causa mon douloureux martyre
En repoussant et mon cœur et mes vœux;
Mais en mourant, ah! je voudrais lui dire :
Vous que j'aimais, etc.

LE RETOUR DES FLEURS

Paroles de J.-E. AUBRY.

Air *des Biens perdus* (musique de Marquerie).

Rose, je vois ta bouche me sourire,
Et tes beaux yeux peuvent fixer le jour;
Ton doux regard, enfant, semble me dire,
Le mal a fui, les fleurs sont de retour.
Le gai printemps a, de sa tiède haleine,
Fait revenir tes plus belles couleurs.
La paquerette a refleuri la plaine,
Où nous irons oublier tes douleurs.
Rose est sauvée, oh! je n'ai plus de peine,
Rose avec moi viendra cueillir des fleurs.

Oh! que ta mère en ce jour est heureuse,
Elle qui t'aime autant qu'elle aime Dieu:
Comme autrefois elle te voit rieuse,
Et la tristesse à son cœur dit adieu.
Quand tu souffrais, cette si bonne mère
Souffrait aussi; puis, les yeux pleins de pleurs,
Elle a passé bien des nuits en prière
Pour adoucir tes maux et ses terreurs.
Mais tu revis, plus de douleur amère,
Rose avec moi viendra cueillir des fleurs.

J'ai bien longtemps tremblé pour toi, ma Rose,
Pour toi qui tiens mes serments et ma foi.
Et dans le champ où chaque mort repose,
J'avais juré de descendre avec toi;
Mais puisque Dieu te rend à ma tendresse,
Puisque sur nous il répand ses faveurs,
L'hymen bientôt nous donnera sans cesse
De ces beaux jours qui font battre les cœurs;
Exempte alors de chagrin, de tristesse,
Rose avec moi viendra cueillir des fleurs.

LES AMOURS DE L'ARTISAN

Paroles et musique de M. POT-LOUIS.

De mon grenier je chéris la misère.
De mon grenier, j'aime la nudité :
Enfant du peuple, oublié sur la terre,
Mon luxe à moi. c'est la simplicité,
Pour décorer ma modeste mansarde,
Du superflu, je n'ai pas les atours ;
Tu l'embellis, soleil qui la regarde (*bis*).
De l'artisan, Dieu bénit les amours (*bis*).

L'humanité, cette divine source,
A mon logis préside chaque jour ;
Parfois ma main ouvre petite bourse,
Mais c'est le cœur, lui, qu: donne à son tour.
Petits oiseaux, j'entends votre ramage,
Qui, sur mon toit, implore mes secours ;
D'un peu de pain, je vous fais le partage,
De l'artisan, Dieu bénit les amours.

Tout comme vous je pouvais d'un bel ange
Prendre la fleur, effeuiller le printemps ;
Puis l'oublier, le pousser dans la fange,
Où le mépris eût doté ses vingt ans,
En respectant la timide colombe,
J'ai des remords éloigné les discours ;
En paix, je puis descendre dans la tombe :
De l'artisan, Dieu bénit les amours.

LES

BEAUX JOURS

SONT VITE PASSÉS.

Paroles de Victor RABINEAU.

Air *des Baisers perdus* (du même auteur).

L'hiver sévit, les pâles sentinelles
Frappent du pied en marchant à grands pas ;
Au souffle aigu de ses nuits éternelles,
Sur son grabat, le pauvre ne dort pas.
Le givre pend sous les branches tremblantes
En longs cristaux par le vent balancés ;
Demain la vitre aux fleurs étincelantes
Ne fondra pas sous des rayons glacés.
Maudit hiver, que tes heures sont lentes ;
Tous nos beaux jours sont si vite passés.

Dès que les cieux, devenus moins sévères,
Rendront les fleurs aux gazons reverdis,
Courez au bois cueillir les primevères,
Gentils enfants, par le froid engourdis.
Que votre mère, avec bonheur, respire
Vos frais bouquets sur ses lèvres placés,
Ces lèvres-là, le parfum les attire,
Vos fronts bientôt vont en être pressés.
Heureux les jours où l'on cueille un sourire ;
Tous nos beaux jours sont si vite passés !

Cueillez l'amour au printemps de la vie,
Mais redoutez ses plus cruels tourments ;
Si, malgré vous, votre âme est asservie
Par une femme infidèle aux serments.

Vous l'adorez... un caprice vous range
Au nombre accru des amants délaissés;
Son cœur impur ose souiller de fange
Les ailes d'or des amours offensés;
Heureux les jours où l'on trouve un cœur d'age;
Tous nos beaux jours sont si vite passés!

Tant qu'au travail votre vigueur commande,
Si vous avez souci du lendemain,
Faites la part que la raison demande
Pour vous, pour ceux qui tombent en chemin.
Les sucs si doux que l'abeille distille
Sont des trésors pour l'hiver amassés.
Que votre avoir ne soit pas infertile,
Tendez la main à vos frères lassés.
Heureux les jours où l'on peut être utile!
Tous les beaux jours sont si vite passés !

LA FOLLE

ROMANCE DRAMATIQUE

D'Albert GRISAR.

Tra la la la tra la la la, quel est donc cet air ? (*bis.*)
Ah! oui, je me souviens, l'orchestre harmonieux
Préludait vivement par ses accords joyeux;
Il s'avança vers moi : sa voix timide et tendre
Murmura quelques mots que je ne pus entendre.
Je voulais refuser et je ne pus parler,
Et lui saisit ma main, je le sentis trembler.
Moi, je tremblais aussi; son long regard de flamme
En des pensers d'amour avait jeté mon âme,
Et pendant tout le bal je ne pensais qu'à lui. (*bis.*)

Tra la la la, tra la la, d'où me viennent ces sons? (*bis.*)
Ah ! oui, je me souviens, quinze jours écoulés,
Le soir, au bal brillant, par la valse entraînés,
O comble de bonheur ! félicité sup ême !
Sa bouche à mon oreille a prononcé : je t'aime !
Et faible que j'étais, je ne pus résister :
Puis, sur mon front brûlant je sentis un baiser.
Oh ! seulement alors je connus l'existence,
L'amour et son bonheur, sa force et sa puissance,
Et je ne vivais plus, car j'étais tout en lui ! (*bis.*)

Tra la la la, tra la la, que ces sons me font mal ! (*bis*)
Ah ! oui, je me souviens, je fus heureuse un mois !
Et, depuis ce moment, je soupire toujours !
Cette valse, écoutez : c'est pendant sa durée
Qu'il était à ses pieds, que sa bouche infidèle
Lui jurait qu'il l'aimait, et ne l'aima jamais.
Je sentis à ces mots ma tête se briser ;
Un horrible tourment tortura tout mon être.
Que j'aime les plaisirs, la parure et la danse !
Que je souffre, ô mon Dieu ! rien qu'en pensant à lui !
Arthur, Arthur, Arthur, Arthur !

ASSEYEZ-VOUS DONC LA-D'SUS.

CHANSONNETTE.

Paroles de ALEXIS DALÈS.

AIR : *Tapez, tapez-moi là-d'ssus* (Colmance) ou *Une
Noce à Montreuil.*

Escorté de mon caniche,
En flânant hier au soir,
J'entrevis sur une affiche
Ces mots : *Allez-vous asseoir.*

Vous qui placardez les rues
De ces titres biscornus,
Asseyez-vous donc là-dessus,
Faiseurs de revues ;
Asseyez-vous donc là d'sus
Et n'en faites plus.

Mon voisin, monsieur *Mélange*,
Pour attirer les buveurs,
Au moment de la vendange,
Dit à ses consommateurs :
J'ai remplacé mes banquettes
Par des tabourets cossus !
Asseyez-vous donc là-d'sus,
Videz mes feuillettes,
Asseyez-vous donc là-d'sus
Et n'en bougez plus.

L'arbre reprend sa parure,
Adieu frimas et glaçons :
Le printemps à la nature
Rend ses fleurs et ses buissons,
De mousse et de pâquerettes
Voyez ces tapis touffus,
Asseyez-vous donc là-d'sus,
Garçons et fillettes,
Asseyez-vous donc là-d'sus
Et n' grelottez plus.

Chaque peuple a sa manie,
Mais c' que j' trouve un peu brutal,
Chez celui de la Turquie,
C'est le supplice du pal.
L'exécuteur d' la justice
Dit aux patients éperdus :
Asseyez-vous donc à-d'sus,
Faut que' j' fass' mon service,
Asseyez-vous donc là-d'sus
Et n'en parlons plus.

Pour Dieu! grisettes lutines,
Vous qui singez le bon ton,
Quittez donc vos crinolines
Pour le modeste jupon.
On entend dire à la ronde,
Au théâtre, en omnibus :
Asseyez-vous donc là-d'sus
Pour n' pas gêner l' monde,
Asseyez-vous donc là-d'sus
Et n'en r'portez plus.

Nous préférons à la guerre
Le travail, l'ordre et la paix ;
Mais qu'un' puissance étrangè
Menace le sol français,
En croisant la bayonnette,
Nous dirons tous résolus :
Asseyez-vous donc là-d'sus,
Pas tant d'étiquette ;
Asseyez-vous donc là-d'sus,
Et n'y r'venez plus.

JE VEUX FINIR

COMME J'AI COMMENCÉ

CHANSON DE FEU BRAZIER.

Puisque je prends avec vous mes ébats,
C'est aujourd'hui un refrain que j'implore ;
Mais la raison, enfin, me dit tout bas :
A soixante ans dois-tu chanter encore?
Par des chansons ma mère m'a bercé : }
Je veux finir comme j'ai commencé. } *Bis.*

Je me souviens, enfant, quand je pleurais,
Je fus bercé dans les bras d'une femme ;
Lorsqu'il faudra m'endormir pour jamais,
Je veux encore que sa main me réclame,
Et sur son sein posant mon front glacé,
Je veux finir, etc.

Sans imiter les Bernier, les Chaulieu,
Je bois un coup quand je me mets à table,
Je bois encor pour le coup du milieu ;
Mais au dessert la soif est redoutable.
Le bouchon part... le champagne a moussé,
Je veux finir, etc.

On pourrait bien se venger des méchants ,
On sait pourtant si l'espèe en abonde ;
Moi, plus heureux, par de modèstes chants,
J'ai su braver les peines de ce monde.
Jamais le fiel dans mon sang n'a passé,
Je veux finir, etc.

Un avenir, une espérance, un Dieu,
Ont embelli les jours de ma jeunesse ;
Quand à ce monde il faudra dire adieu,
Sans que jamais aucun espoir ne reste,
Ah ! vers le ciel mon œil sera fixé!
Je veux finir, etc.

ON VA
LUI COUPER LA TÊTE

Drame en 5 actes, de J.-E. AUBRY,

Représenté pour la première fois sur le **Théâtre de Guignol**, le 1ᵉʳ janvier, en 1700.

La Scène se passe en Espagne,

Dans un vieux château de l'Andalousie.

PERSONNAGES :

CASSANDRE, tuteur de Colombine.
COLOMBINE, pupile de Cassandre.
ARLEQUIN, amoureux de Colombine.
PIERROT, domestique de Cassandre.
POLICHINELLE, domestique de Colombine.
LE CORRÉGIDOR, ennemi de Cassandre.

AIR : *Tu n'en n'auras pas l'étrenne.*

Armé d'un bâton
Assez gros et long,
Arrive Polichinelle
Qui s'écri' : Corbleu !
Faut-il pour si peu
Qu'on vienn' me chercher querelle !
J'ai tué, c'est vrai,
A coups d' balai,
J' le r'grette,
L' chat du voisin,
Pour le festin
D' ma fête.
Et mon maître dit :
Pour qu'il soit puni,
On va lui couper la tête.

Arrive Arlequin,
Sournois et taquin,
Mais amoureux d' Colombine,
Qui lui dit : Vois-tu,
J' t'aim' pour ta vertu,
Et j' t'emmène en Cochinchine.
La belle consent.
On les surprend,
Les guette,
Puis l'on saisit
Arlequin qui
S'embête.
D' voir manquer son plan
Et pour c't'enièv'ment
On va lui couper la tête.

Mon gourmand d' Pierrot
S'empar' d'un gigot
Qu'on venait d' mettre à la broche.
Il s'écri' bien fort
Qu'on l'accuse à tort,
Quand l' manche sortait d' sa poche.
Pour punition
Faut un' leçon
Complète,
Qu' dit un ch'napan,
Et v'la l' jug'ment
Qu'arrête :
Pour qu'il ne m' vol' plus
Ma viande et son jus,
On va lui couper la tête.

Colombin' brûlait
Pour Arlequin qu'est
Dans un' prison plus qu'étroite,
Car son vieux tuteur,
Jaloux et grondeur,
Depuis longtemps la convoite,

Mais furieux
De c' qu'on l' trouv' vieux
Et bête,
D'un grand couteau
Il fait bientôt
L'emplette,
Et dit, sans frémir :
Pour me divertir,
On va lui couper la tête.

Pour le dénoûment
De c' drame sanglant
On amène l' pèr' Cassandre.
Un corrégidor
Le condamne à mort
Sans même vouloir l'entendre.
T'as sournois'ment
Fait mourir en
Cachette
Des gens d'honneur
Qu'étaient dans leur
Assiette,
T'as six pieds de haut.
J' trouv' que c'est de trop,
On va te couper la tête.

PIERROT ET PIERRETTE

Paroles d'ALEXIS DALÈS.

AIR : *Oh ! du bataillon d'Afrique,*
Ou de *Jeannette et Jeannot.*

Avez-vous connu Pierrette,
L'amoureuse de Pierrot ?
Elle est rieuse et drôlette,
Et Pierrot n'est pas manchot ;
Le mariage est leur lot,
Les voyant chacun répète :
Pierrot est fait pour Pierrette,
Et Pierrette pour Pierrot.

Pierrot dit que la nature
Sait *embellir la beauté,*
Et Pierrette, sa future,
Aime la simplicité ;
Pierrot chausse le sabot,
En sabots va la fillette.
Pierrot est fait, etc.

Pierrette, adorant la danse,
Saute du soir au matin,
Et, lorsque Pierrot balance,
On dirait un grand pantin !...
Pour ecorcner un galop,
Au son d'une clarinette
Pierrot est fait, etc.

Pierrette aime bien la table,
Elle ne s'en cache pas,
Et Pierrot serait capable
De faire douze repas !...
Il faut voir près d'un gigot,
Chacun d'eux jouer d' la fourchette.
Pierrot est fait, etc.

Pierrette aime la bouteille,
Et Pierrot, roi des pochards,
Dit que le jus de la treille
N'est pas fait pour les canards,
Aussi pour vider un pot
De bourgogne ou de piquette,
Pierrot est fait, etc.

Chaque jour Pierrette donne,
Car son cœur est généreux,
Pierrot fait souvent l'aumône,
Il aide les malheureux.
Pierrette n'en souffle mot,
Et Pierrot donne en cachette :
Pierrot est fait pour Pierrette
Et Pierrette pour Pierrot

LA RONDE DU CORBEAU

VIEILLE NOUVEAUTÉ.

Paroles de ALEXIS DALÈS.

AIR *de la ronde de Mustapha.*

Dans la forêt de Fontain'bleau,
Sur un arbre, un jour un corbeau } (*bis*).
T'nait un fromage dans son bec,
Vu qu'il n'amait pas le pain sec.
Tra la, la, trou la déri, déra, } (*bis*).
Qu'il était friand c' corbeau-là !

Près de là passa, par hasard,
Un perfide et rusé renard
qui, voyant le maître corbeau,
Dit, en retirant son chapeau:
Trou la, la, trou la déri, déra,
Mon cher que faites vous donc là ?

— Ah ! dit l' corbeau d'un air confus,
Vous l' voyez, j'attends l'omnibus.
Pour me distraire en f'sant l'*oiseau*,
Sur l' pouce j' mangeais un morceau.
Trou la, la, trou la, déri, déra,
Qu'il était gourmand c' corbeau-là!

— Si vous chantez, maître corbeau,
Aussi bien que vous êtes beau,
Pour Dieu chantez-moi donc un air
De l'opéra du *Tannhauser*;
Trou la, la, trou la, déri, déra,
On dit que vous poussez bien ça.

— Je l' voudrais bien, mais, foi d' corbeau,
Par malheur, je n' sais rien a' nouveau.
— Eh bien! puisque vous n' savez rien,
Chantez-moi *Saint Roch et son chien.*
Trou la, la, trou la, déri, déra,
J' suis toqué de cett' chanson-là.

Sitôt que le corbeau chanta,
A terr' son fromage to mba.
Maître renard le ramassa,
L'mit dans sa poche et dit comm' ça.;
Trou la, la, trou la, déri, déra,
Ah! c' cadet là quel pil il a!...

Le corbeau penaud, et confus,
Jura qu'il ne chanterai p"s;
Car il vit bien que, par orgueil,
Il s'était fourré l' bec dans l'œil.
Trou la, la, trou la, déri, déra,
Ma balançoire finit là.

C'EST TOUJOURS

LA MÊME RENGAINE.

Paroles de S. TOSTAIN.

AIR : *J'hai pas l'honneur de vous connaitre.*

On a chanté sur tous les tons
Cupidon, Bacchus et les belles,
On épuise les vieux dictons,
Pour faire des chansons nouvelles.
— Laissez dormir votre cerveau,
Chansonniers, votre peine est vaine,
Vous croyez faire du nouveau !
C'est toujours du même tonneau;
C'est toujours la même rengaine.

Croient-ils, ces bretteurs de salon
Égaler les héros de Sparte,
Lorsqu' pour un oui ou un non,
Vite, ils échangent une carte?
—Quand vient le moment du danger,
Avec fureur chacun dégaine ;
On croit qu'ils vont s'entr'égorger,
Pas du tout — ils vont déjeuner.
C'est toujours la même rengaine.

Quand je goûterai de l'hymen,
Se disait certain petit maître,
Ma femme, dès le lendemain,
A mes lois devra se soumettre!
— Ce beau projet bien combiné,
Il prend une femme hautaine,
Par laquelle il se voit berné
Et conduit par le bout du nez.
C'est toujours la même rengaine.

Que nous soyons sages ou fous,
Riches, pauvres, noirs, blancs ou bistres
La mort, un jour, viendra sur nous
Déployer ses ailes sinistres.
—Peu m'importe que mon cercueil
Soit de sapin ou bien de chêne,
Que mes amis portent le deuil,
Ou qu'ils dégustent l'Argenteuil.
C'est toujours la même rengaine.

A BÉRANGER.

Derniers Adieux du Chansonnier.

Parcles de A. DUCHENNE.

Air des *Cheveux blancs,*
ou *Béranger a l'Académie.*

Mon sang glacé s'arrête dans mes veines,
Ma voix chevrotte et mes pas sont tremblants;
Prêt à gagner les célestes domaines,
A vous amis, à vous mes derniers chants!
De noirs pensers bannissez la tristesse,
Que la gaîté seule anime vos yeux.
Vieux compagnons de ma folle jeunesse,
    Recevez mes derniers adieux.

Dans ce banquet où l'amitlé rassemble
Les souvenirs de mon riant passé,
Auprès de vous, chers amis, il me semble
Du noir destin voir l'arrêt effacé.
D'un nouveau feu se ravive mon âme,
Versez encor! le temps est précieux,
Un souffle peut en éteindre la flamme,
    Recevez mes derniers adieux.

Le temps cruel a séché sur sa tige
Le myrte vert que Zéphir caressait,
L'abeille en pleurs autour de lui voltige,
Cherchant en vain la fleur qui l'abritait;
Gentils amours qui charmez mon jeune âge,
Devais-je un jour vous trouver oublieux?
Mais non! l'hymen vous retient en sa cage,
    Recevez mes derniers adieux.

Ils sont passés ces jours où la victoire,
Lé glaive en main ralliait les soldats;
A d'autres feux se réchauffe la gloire,
Sans redouter le poignard de Judas.
Le monde entier, pour de plus nobles causes,
A déserté les temples des faux dieux;
Sur les cyprès on voit fleurir des roses !..
   Recevez mes derniers adieux.

Lorsque sur nous j'ai vu glisser l'orage
Qui menaçait d'engloutir nos cités.
Puisque l'ciseau fait retentir la plage
D'hymnes d'amour mille fois répétés,
Je puis partir sans regretter la vie,
L'écho redit vos chants harmonieux.
Au grand banquet l'Eternel me convie,
   Recevez mes derniers adieux.

LE
TESTAMENT D'UN CÉLIBATAIRE.

Par Michel BORDET.

Air : *Dans un grenier qu'on est bien
à vingt ans !* (Béranger.)

Près de mourir, un riche octogénaire!
Trop tard, hélas! regrettait son passé,
Quoi, disait il, je meurs célibataire!
Autour de moi quel silence glacé.
A mon chevet c'est la mort qui me crie :
De l'égoïsme, adorateur fervent,
Tu vas mourir sans connaître la vie;
Tu n'as vécu que pour ton testament (bis).

Paralysé sur ma couche isolée,
Sans un ami, pour toujours je m'endors.
Par les remords mon âme est désolée
De n'avoir su qu'adorer le Veau d'or.
Je ne connus que cet amour cupide,
Qui change un cœur en un lingot d'argent,
Mon coffre est plein, mais ma maison est vide
On n'entrera que pour mon testament (*bis*).

J'ai dédaigné l'amour de la famille,
L'affection d'un cœur vraiment épris
Pour ces beautés que la luxure habille,
Dont mon orgueil se parait à haut prix.
Epouse, enfants, de mon heure dernière
Adouciraient le douloureux moment.
Mes valets seuls fermeront ma paupière;
Pour eux, aussi, je laisse un testament (*bis*).

Pour honorer mon brillant héritage,
Je vais avoir un convoi somptueux;
J'échangerais mon riche sarcophage
Pour les regrets qu'on donne au malheureux.
De mon neveu la douleur hypocrite
Cherche des pleurs qu'il attend vainement.
Ces pleurs viendront si je ne meurs pas vite,
Car c'est pour lui qu'est fait mon testament (*bis*).

Mais qu'ai-je dit? mon esprit en délire
Envisageait la mort avec terreur;
Merci, mon Dieu! car c'est toi qui m'inspire.
Je vais connaître un instant le bonheur.
Au cœur ingrat je reprends ma richesse,
Moi qui souvent repoussais l'indigent.
J'offre un asile à l'honnête vieillesse,
Pauvres, pour vous je fais mon testament (*bi*

NINI BAMBOCHE

PORTRAIT.

Paroles de ALEXIS DALÈS.

AIR : *Jeannette a servi le dîner.* ou : *Saboche viens sourire au soleil.*

Sans avoir de l'or dans sa poche,
Sans porter de brillants atours,
   Bamboche (*bis*).
Me charmera toujours ! } (*bis*).

Nini Bamboche, ma grisette,
Est semblable à Mimi Pinson.
Comme elle, elle n'a pour toilette,
Qu'une robe et qu'un bonnet rond.
Mais quand on voit de sa figure
La fraîcheur et les traits charmants,
On ne pense plus à l'usure
Qui dépare ses vêtements.   Sans, etc.

Bien qu'on la surnomme Bamboche,
Ma Nini possède des mœurs ;
Elle ne craint s pas un reproche,
De ses nombreux admirateurs,
Moi seul possède sa tendresse
Aussi, de son œil bleu de ciel
Chaque regard qu'elle m'adresse,
Me paraît plus doux que le miel. Sans, etc.

Ma Nini, presque jardinière,
Cultivant et myrte et jasmin,
Ainsi que Jenny l'ouvrière,
Sur sa fenêtre a son jardin.
C'est qu'elle adore, la pauvrette,
Voir le volubilis vermeil,
Le bouton d'or, la pâquerette
Fleurir aux baisers du soleil !... Sans, etc.

Elle n'a pas de cachemire,
Et son petit pied enfantin
Ne fut jamais (quoi qu'on l'admire)
Emprisonné dans du satin.
C'est au bal qu'on la trouve belle !
Elle est, dans ses pas gracieux,
Légère comme une gazelle
Qui bondit sous l'azur des cieux! Sans, etc.

Ma Nini, bien que dans la gêne,
Ne connaît pas la pauvreté;
Elle travaille la semaine
Car elle hait l'oisiveté.
L'adorable et modeste fille,
Ne spéculant pas sur l'amour,
Ne demande qu'à son aiguille
Le pain qu'il lui faut chaque jour. Sans, etc.

APOTHÉOSE DE BÉRANGER.

Paroles de PIERRE HERVIEU, d'Iray (Orne).

AIR : *Des médaillés de Sainte-Hélène.*

Peuple, il n'est plus, ton ami, ton poëte,
Qui célébra la gloire et le progrès !
A ce grand homme à ce sage prophète
La France entière a donné des regrets...
Tout se transforme et la nature entière
Subit les lois de son suprême auteur !...
Cette âme pure a quitté notre sphère
Pour s'envoler dans un monde meilleur (*bis*).

Ce noble cœur nous disait que son âme
Avait jadis habité la beauté;
C'était plutôt un rayon pur de flamme
Que lui donna quelque divinité !

Ce fut un juste envoyé sur la terre ;
Il fit pâlir les méchants de terreur...
Cette âme pure a quitté notre sphère,
Pour s'envoler dans un monde meilleur.

Contre un pouvoir odieux, tyrannique,
Il sut lancer de sublimes chansons
Un roi cafard, bravant la voix publique,
Lui fit sentir la rigueur des prisons
Dans leurs cachots, méprisant leur colère,
Il prédisait l'avenir bienfaiteur,
Cette âme pure a quitté notre sphère
Pour s'envoler dans un monde meilleur !

La liberté qu'un bon Français adore,
Les droits du peuple étaient ses justes dieux !
L'homme immortel dont la France s'honore
Etait pour nous un phare glorieux !
Nous avons vu sa puissante lumiere,
Qui nous guida brillante de splendeur !
Cette âme pure a quitté notre sphère,
Pour s'envoler dans un monde meilleur !

Fils de l'erreur que tout progrès irrite,
Pour le flétrir vous travaillez en vain ;
Les plus beaux traits, la vertu, le mérite
Parent le front de cet homme divin !
Enfant du peuple, il connut la misère,
N'accepta pas les dons de la grandeur ;
Cette âme pure a quitté notre sphère,
Pour s'envoler dans un monde meilleur

De Béranger la grande âme héroïne,
A ma toujours l'hommage des petits
Sur son tombeau déposons l'églantine
La fleur gauloise et le myosotis !
Que ce grand nom que le peuple révère
Reste à jamais gravé dans chaque cœur !
Cette âme pure a quitté notre sphère,
Pour s'envoler dans un monde meilleur !

LE VRAI
RIGOLEUR PARISIEN

Chanté et publié par **F.-E. PECQUET et C°.**

LE CHANT DES JOYEUX MAÇONS

Paroles de F.-E. PECQUET.

AIR : *Donne-moi ton cœur ou N'y a pas d'sots métiers.*

Lorsque le matin chante l'alouette,
L'on nous voit partir tous à nos travaux,
Le paresseux seul en route s'arrête,
Mais le travailleur est toujours dispos,
Puis nous commençons gaîment la journée,
Notre premier cri est pour le garçon.
(PARLÉ : Hohé, Lafleur ! hohé, hou ! monte-moi ma
hachette et mes rapointis. Voilà, voilà !
Puisque Dieu nous fit cette destinée,
Voilà la chanson (*bis*) du joyeux maçon.

Nous nous moquons bien si l'on nous méprise,
Puis nous nous rions de tous ces farceurs,
Et nous répondons quoi que l'on en dise,
Vous avez besoin de bons constructeurs,
Vous le voyez bien quoiqu'on démolisse,
Bientôt de nos mains sort une maison.
(PARLÉ.) Hohé ! la Grenade, hohé hou, une truel-
lée au sas. Bon, bon.

Et nous vous disons cela sans malice,
Voilà la chanson, etc.

Toute la journée sans reprendre haleine,
Ne nous voit-on pas toujours travailler?
Nous ne nous plaignons jamais de la peine,
Chacun fait sa part en bon ouvrier,
Nous bravons la mort sur l'échafaudage,
Et qui dirait non, n'aurait pas raison.

(Parlé.) Hohé! la Tulipe, hohé! hou, gache serré,
bon.

Puis le chant donné du cœur à l'ouvrage,
Voilà la chanson, etc.

Chaque monument, nous pouvons le dire,
Voyons, n'est-il pas l'œuvre de nos mains,
Alors donc sur nous pourquoi donc médire,
Nous ne méritons de nul les dédains.
Il faut respecter chacun dans sa sphère,
Aussi bien celui qui fait la moisson.

(Parlé.) Ho hé! Larose, ho hé, hou, gache clair.—
Ça y est, mais le bourgeois, il est deux heures.— Eh
bien, fais couler.

Faut aussi des bras pour soigner la terre,
Voilà la chanson, etc.

Et puis lorsque vient le jour du dimanche,
C'est celui que Dieu fit pour le repos,
Avec nos amis, notre cœur s'épanche,
Nous ne voulons pas de vilains propos,
L'on prend le chemin pour une guinguette;
Et nous répétons tous à l'unisson

(Parlé.) Ho, hé! va d' bon cœur, ho hé! hou,
ramasse les outils, les travaux sont fini.

Puis, un gai refrain chacun le répète,
Voilà la chanson (bis), etc.

Propriété de l'auteur.

LE PAPA BINNETTE

ou

TIREZ-MOI LE CORDON.

BLAGUE COMIQUE.

Paroles de F.-E. PECQUET.

Air de *Turlurette*, chanté dans la pièce de *Rothomago*.

Le gros papa Binette,
C'est lui qu'est mon portier,
Mais j'allais oublier
Son aimable moitié.
Les voyant, je m'arrête,
Je reste tout baba,
Le coq et la poulette
Ils sont laids, que c'est ça,
Ha, ha, ha, ha, ha.
Riant, j'leur dis, holà.

REFRAIN.

Allons, voyons et tirez donc l'cordon, vieille binette,
Q'faites-vous donc, tirez-moi donc, vieill' binnette,
[l'cordon.

Un portier, quel' gazette,
C'est le roi des cancans,
Les bons et les méchants,
Non, nuls n'en sont exempts,
Si vous rentrez pompette,
Tout l'quartier le saura;
Payez lui la gobette,
Alors il se taira,
Ha ha ha ha!
Ou faut crier holà!
Allons, voyons, etc.
L'autre jour j'fis emplette
D'un savant perroquet,
Voilà que mon Pip'let,
Me dit : dans mon baquet,
Son affair' sera faite,
L'oiseau qu'entend cela.
Voilà qu'il lui répète,

Eh bien! nous verrons ça,
'ha ha ha ha!
En attendant, holà!
Allons, voyons, etc.

Rentrez deux ou seulette,
S'il est passé minuit,
L'amende est son profit.
Ils ne font pas crédit.
Vous tirez la sonnette,
S'il pleut, vous restez la
Un rhume ou la gripette
Vous attrapé, oui-da,
Ha ha ha ha!
Trois heur's faut dir' holè,
Allons, voyons, etc.

Ce qui vous inquiète,
C'est pour déménager,
L'on ne sait où loger,
L'portier faut déranger,
Partout la règle est nette,
Locataire, la voilà :
Le log'ment qu'l'on arrête,
Faut qu'un terme soit là,
Ha ha ha ha!
C'est l'cas de dire hola!
Allons, voyons, etc.

Pour eux l'jour de toilette,
C'est le premier de l'an,
Il monte vivement,
Vous parle poliment,
Et puis il vous souhaite
Du bonheur ce jour-là,
Il compte sa recette,
S'il a gras il rira,
Ha ha ha ha!
Plus tard il se fâch'ra

PARLÉ. Huit jours après seulement si vous lui di es
æ refrain-là.

Allons, voyons, etc.

Propriété de l'auteur.

LES
PLAINTES ET LES TRIBULATIONS
des
Domestiques, Cochers, Cuisinières, Femmes de chambre, Bonnes d'Enfants.

CHANSONNETTE COMIQUE.

Paroles de F.-E. PECQUET.

AIR : *De la Comète* ou *la Crinoline* (du même auteur).

REFRAIN.

Ah! que c'est ennuyant,
D'être en service, Dieu quel supplice,
Les maîtres d'aprésent
Sont vraiment par trop exigeante.

L'on n'a pas une heur' de repos,
Dès le point du jour l'on vous sonne,
Il faut toujours être dispos
Obéir à chaque personne, Ah, etc.

Monsieur, d'abord, moi je le dis,
Vous dit, puis n'faut pas de réplique.
Brossez mes bottes. mes habits,
Quel plaisir d'être domestique! Ah. etc.

Faut frotter les appartements
Depuis janvier jusq'en décembre,
Laver voitur', harnachements,
Puis servir de valet de chambre. Ah! etc.

Un cocher n'est pas p'us heureux,
Quelquefois dix heur's sur son siége,
C'est là vraiment qu'il se fait vieux,
S'il pleut ou tombe de la neige. Ah! etc.

Ah! s'il est un malheureux sort,
C'est celui d'être cuisinière,
Pour nous tous les profits sont morts,
Madame achète à sa manière. Ah! etc.

Puis si vous êtes. ah ! quel malheur,
Femm' de chambr' chez une coquette,
Faut subir sa mauvaise humeur
Pendant qu'vous faites sa toilette. Ah ! etc.

Ah ! plaignez la bonne d'enfant,
On la suit, puis on la surveille,
Vous avoûrez qu' c'est embêtant,
L'on n'vit jamais chose pareille. Ah! etc.

Tenez, l'meilleur de tout cela,
Je vous le dis sans stratagème,
Mon avis à moi, le voilà,
Ça s'rait de se servir soi-même. Ah ! etc.

REFRAIN.

Alors tout irait bien,
L'on f'rait l'service à son caprice,
Chacun mang'rait le sien,
L'on ne se plaindrait plus de rien.

Propriété de l'auteur.

LE CHANT DES BLANCHISSEUSES

CHANSONNETTE.

Paroles de F.-E. PECQUET.

AIR de Turlurette (chanté dans Rhotomago).

Toujours vive et joyeuse,
L'on nous voit le matin,
Sans souci, sans chagrin,
Blanchissant gros et fin,
Riant de la boudeuse
Qui ne parle jamais,
Nous ne sommes heureuses
Qu'avec de gais couplets,
Mais, mais, mais, mais,
Nous narguons les regrets.

Refrain.

Pan! pan! frappons gaîment, chantons, travaillons,
[blanchisseuses,
Puis savonnons et repassons, blanchisseuses, chantons.

Si toute la semaine,
Chacun travaille fort.
Soyons toujours d'accord,
Cela n'est pas un tort,
Chantons à perdre haleine,
Le jour à nos travaux,
Gaîté chasse la peine,
Et répétons toujours:
Pour, pour, pour, pour
Fêter le Dieu d'amour.
     Pan! pan! etc.

Soulager la misère,
Voilà notre bonheur;
L'on connaît notre cœur,
Pour aider le malheur,
Lorsqu'une pauvre mère
Se recommande à nous,
Quoique simple ouvrière,
Oui, nous lui donnons tous,
Tous, tous, tous, tous.
Faire le bien est doux,
     Pan! pan! etc.

Lorsque vient le dimanche,
C'est un jour d'agrément.
Le cœur joyeux, content,
Nous allons vivement,
Où la gaîté s'épanche,
L'on nous admire là,
Nous sommes bonnes et franches,
Notre chant le voilà,
Ha! ha! ha! ha!
N'y a pas d'mal à ça.
Eh allons donc, rions, dansons, joyeuses blanchisseuses
Eh! allons donc rions, dansons, blanchisseuses,
[chantons.

Propriété de l'auteur.

VOUS ÊTES UN TROMPEUR

ROMANCE.

Paroles de F.-E. PECQUET.

AIR de *la Cinquantaine* ou : *Viens, belle nuit.*

À vos serments, non, je ne puis plus croire,
Car vous m'avez trahi plus d'une fois.
De vos affronts, j'ai gardé la mémoire,
Foulant aux pieds la plus sainte des lois,
De nous unir, je gardais l'espérance,
C'était le vœu le plus cher à mon cœur,
Mais je suis forte de mon innocence,   } *Bis.*
Retirez-vous, vous êtes un trompeur.

Je vous ai vu près d'une autre maîtresse,
Tout comme à moi vous lui parliez d'amour,
Lui promettant le bonheur, la richesse,
De l'adoc   , de l'aimer sans détour,
Pourquoi tromper un cœur pur et candide ?
La pauvre enfant croyait à votre honneur ;
Vous vous taisez, quittez cet air timide,
Retirez-vous, etc.

Ne croyez pas, oh ! non, que je m'abuse,
Ce que je dis n'est que la vérité,
N'employez plus le mensonge et la ruse,
Entre nous deux, plus de félicité.
Mon cœur froissé repousse votre hommage,
Laissez-moi seule oublier mon malheur.
Je ne crains rien de votre persiflage,   } *Bis.*
Partez, monsieur, vous êtes un trompeur.

Propriété de l'auteur.

FIN.

TABLE

*Toute reproduction est interdite.— Toute contrefaçon
sera poursuivie.*

Chez ROGER, Éditeur, rue des Écouffes, 25.

Paris.—Typ. Morris et Cⁱᵉ, rue Amelot, 64.

www.ingramcontent.com/pod-product-compliance
Ingram Content Group UK Ltd.
Pitfield, Milton Keynes, MK11 3LW, UK
UKHW022124070726
13613UKWH00003B/1234